Brève histoire
des vacances

Des mêmes auteurs

La Femme du dimanche
Seuil, 1973
et « Points Roman » n° R 148

La Nuit du Grand Boss
Grasset, 1980
et « Livre de poche » n° 6826

Je te trouve un peu pâle
Seuil, 1982

Place de Sienne, côté ombre
Seuil, 1985
et « Points Roman » n° R 284

L'Amant sans domicile fixe
Seuil, 1988
et « Points Roman » n° R 359

La Signification de l'existence
Arléa, 1988

La Prédominance du crétin
Arléa, 1988

La Sauvegarde du sourire
Arléa, 1989

La Couleur du destin
Seuil, 1990
et « Points Roman » n° R 493

L'Affaire D.
Seuil, 1991
et « Points Roman » n° R 594

Ce qu'a vu le vent d'ouest
Seuil, 1993
et « Points » n° P 14

Fruttero & Lucentini

Brève histoire
des vacances

TRADUIT DE L'ITALIEN
PAR GÉRARD HUG

Éditions du Seuil

Ouvrage édité par Martine Van Geertruyden

Titre original : *Breve Storia delle vacanze*

Éditeur original : Arnoldo Mondadori Editore

ISBN original : 88-04-38192-2

© original : 1994, Arnoldo Mondadori Editore SPA, Milan

ISBN 2-02-023201-4

© Éditions du Seuil, mai 1995, pour la traduction française

I
À Wimbledon

Inutile de fermer les yeux. Dans toute la Communauté européenne, des femmes courageuses et des hommes anticonformistes ont enfin découvert que les vacances sont un sujet de conversation on ne peut plus ennuyeux. Si un tournoi du Raseur Intégral était disputé sur les courts herbus de Wimbledon, les vacances le remporteraient haut la main.

— Mais la distinction entre érotisme et pornographie, elle, se défend bien.

— Allons donc ! Les vacances l'écrasent sans problème.

— Et la comparaison entre intelligences masculine et féminine ? Elle a un bon revers, elle est en pleine forme.

— Peut-être, mais les vacances ont un jeu plus varié. Du reste, pour ce qui est de l'intelligence, la comparaison entre les femmes et les hommes n'est pas seulement ennuyeuse, elle est impossible. La plupart du temps, il n'y a rien à comparer, ni d'un côté ni de l'autre.

– Et que dis-tu des potins sur la principauté de Monaco ? Ça a l'air de revenir à la mode.

– Les vacances l'emportent en trois sets : 6-0, 6-0, 6-1.

– Et la discussion pour savoir comment mettre fin aux guerres locales sans employer les méthodes des Romains ou des Anglais ?

– Elle promet, je le reconnais. Mais elle ne peut pas se mesurer avec les vacances, elle est encore trop jeune, sans expérience.

– Et comment classes-tu l'adultère ? Fait-il ou non du bien au mariage ?

– Comme sujet de conversation, c'est sans aucun doute l'un des plus grands champions de l'ennui. Mais, selon moi, il n'a pas la tenue ni la classe des vacances. Non, vois-tu, moi, sur les vacances, je mise 25 livres cette année encore.

II
La Bible

C'est ainsi de nos jours. Mais les vacances ont-elles toujours existé ? Le sujet a-t-il toujours été désespérément ennuyeux ? Jetons un rapide coup d'œil sur le passé en commençant, bien sûr, par la Bible, un de ces livres dont on a l'habitude de dire que « tout y est déjà ». De fait, il suffit de l'ouvrir pour trouver, au deuxième chapitre de la Genèse, le modèle de base, l'origine même de nos vacances : « Puis Yahvé Dieu planta un jardin en Éden à l'Orient et y mit l'homme qu'il avait formé. »

Vient ensuite ce que l'on pourrait qualifier de premier dépliant de l'histoire sainte et touristique, le Dépliant suprême (l'usager biblique moderne aura soin de bien placer l'accent *tonique* sur la première syllabe : dé-pliant).

> Et Yahvé Dieu fit pousser du sol toute espèce d'arbres agréables à voir et bons à manger (...).
> Et un fleuve sortait d'Éden pour arroser le jardin et de là se divisait et devenait quatre sources de fleuve.

Le nom du premier est Phison : c'est celui qui entoure tout le pays de l'Havila où il y a de l'or.

Et l'or de ce pays est excellent, là il y a aussi de la résine parfumée et de la pierre scholam.

Le nom du second fleuve est Gihon : c'est lui qui entoure toute la terre de Cousch.

Et le nom du troisième fleuve est le Tigre : c'est lui qui coule à l'orient d'Assour ; et le quatrième fleuve, c'est l'Euphrate.

Comme chacun sait, cela ne dura pas. Ou peut-être que, sur ce premier séjour bienheureux de quatre semaines ou de quatre millénaires « tout compris », le livre de la Genèse a préféré passer rapidement car, déjà à cette époque, les vacances étaient considérées comme un sujet très ennuyeux, auquel un « éminent » écrivain ne condescendait pas à prêter attention. Voilà, par exemple, un passage qui dut être omis :

Et tous deux s'étant lavé la chevelure avec le jus mousseux de baies parfumées, ils coururent sur les rives sablonneuses du fleuve Ikon et plongèrent dans ses eaux cristallines, et là ils folâtrèrent et s'aspergè-rent et éprouvèrent du plaisir.

Puis ils s'étendirent à l'ombre d'un grand arbre et se connurent pour la sixième fois ce jour-là. Ce qui fit qu'ils tombèrent dans un sommeil profond jusqu'à 19 h 30.

Certes, on ne peut considérer une omission comme un commandement, mais le silence de la Bible au sujet d'épisodes de ce genre semble nous suggérer qu'il convient de parler le moins possible des vacances.

Une autre interprétation, plus maligne, peut-être diabolique, circule depuis plusieurs siècles : la Bible passe sous silence les vacances en Éden avant qu'Adam et Ève en soient chassés car ceux-ci s'ennuyaient mortellement dans ce jardin. La proposition du Serpent (en cela l'ancêtre des animateurs modernes) aurait été acceptée non pas tant par soif de connaissance ou par esprit de transgression que, simplement, pour voir s'il y avait moyen de se distraire un peu, de faire quelque chose de nouveau, de rompre la monotonie de ces journées de bonheur divinement parfait.

Il est facile de rétorquer que, dans ce cas, les vacances seraient intrinsèquement dangereuses, maudites, la source première de tous nos maux. Quoi qu'il en soit, la nostalgie de ce lieu enchanté reste bien vivante en nous et est même présente dans les circonstances les plus banales.

– Où avez-vous loué votre cabine ? Aux bains Torquemada ?

– Non, les chaises longues étaient trop inconfortables. À présent, nous sommes aux Bains Éden.

Ou bien :

– Au cinéma Éden, ils donnent *Murdered*, tu sais, ce film sur le mystère de la mort de Clinton.

– Tu parles d'un mystère ! Il s'est étouffé avec un cheeseburger pas assez cuit. Rien d'autre.

– Pas du tout, l'affaire présente bien des points obscurs. Il y a là-dedans une curieuse pomme de terre frite, une bouteille de ketchup suspecte, du Coca-Cola qui n'était peut-être pas vraiment du Coca...

– Non, ça ne m'intéresse pas. Je vais à l'Éden Danze, c'est plus amusant.

La vulgarité même de nos appétits de vacanciers trouve une rédemption lointaine dans ce dépliant inspiré. De là vient l'espoir bien ancré de dénicher dans quelque souk ou ruelle exotique des bijoux en or de fabrication artisanale « qui coûtent le dixième de chez nous », ou de magnifiques perles, très pures, pour le prix d'une boîte de punaises.

Le lien entre l'Éden et les hôtels ou les villages de vacances, que la publicité dit être « au sein d'un véritable paradis », est tout aussi évident.

Ces jardins artificiels (mais l'Éden en était un : n'oublions jamais que la Bible parle d'un jardin, en excluant la nature à l'état sauvage, le trekking, le Camel Trophy et le Marlboro Country) se plaisent à imiter leur prototype en multipliant les interdits : tu ne gareras pas ta voiture ici, tu ne marcheras pas avec tes nu-pieds là.

Certains ne voient pas que la nudité, partielle ou totale, pratiquée durant les vacances, masque l'aspiration à retrouver l'état d'innocence du premier homme et de la première femme. En cela, ils sont tout à la fois émouvants et insupportables.

– Mais il n'y a rien de mal ! Il faut vraiment être des maniaques ou des pervertis, pour y prêter encore attention !

– Moi non, moi, je ne peux pas, je me sens, comment dire, pas bien, mal à l'aise.

– Mais c'est la chose la plus naturelle du monde !

– Non, moi, au contraire, plus je suis nue et plus je me sens... habillée, non, je veux dire, déguisée, en somme comme une actrice.

– Ma chérie, tu as de sérieux problèmes. Nous sommes venus sur cette terre nus, et nous la quitterons nus...

– Ah, ça non ! J'espère que l'on me mettra une

robe à fleurs. Ou peut-être à pois, je n'ai pas encore décidé.

— Quoi qu'il en soit, tu es trop marquée, trop conditionnée par ton éducation, par les préjugés... Pour commencer, mets au moins ce maillot cyclamen. C'est celui que préfère la reine d'Angleterre quand elle se baigne dans les lacs écossais, à Balmoral.

— Non, il n'y a pas de maillot qui m'aille. C'est plus fort que moi. J'ai honte, il n'y a rien à faire.

— Mais tu en es vraiment restée à la Bible, pauvre de toi.

Pauvres de nous. Sur chaque moment particulier de nos vacances s'étend l'ombre de la parodie, et la plus croustillante, la meilleure des pizzas cache quelque chose de suspect.

— Je ne sais pas, mais il me semble que c'était mieux l'an dernier.

— Oui, peut-être. Quoi qu'il en soit, Tiziana prétend que rien ne vaut les pizzas de ce nouveau bistroquet à côté de l'hôtel Miraud.

— Oh, tu sais, Tiziana...

Mais le doute qu'ailleurs, toujours ailleurs, qui sait où, il existe une pizza supérieure, définitive, paradisiaque, rend amère chaque bouchée. C'est l'angoisse de l'inaccessible. Authenticité, naturel, innocence ne se trouvent plus dans nos jardins. La pomme a été mangée, une fois pour toutes, définitivement.

III
La Mésopotamie

Berceau ou creuset officiel de notre civilisa-tion, la Mésopotamie devrait logiquement avoir assumé la même fonction en matière de vacances. Mais quand on y est allé, on s'en retourne chez soi avec l'impression que les gens de l'Antiquité étaient plutôt mal lotis en fait de lieux de vacances.

— Où veux-tu qu'ils soient allés ? C'est partout le désert, ou presque.

— Mais les cèdres du Liban, tout de même.

— Ils n'ont rien à voir ; ils étaient en Palestine. De toute façon, ils ont disparu.

— Mais tous ces fleuves renommés, le Tigre, l'Euphrate ? N'est-ce pas là que se sont constamment affrontés les Hittites, les Assy-riens, les Chaldéens et les Babyloniens pour s'en emparer ?

— Bah, d'après ce que l'on voit aujourd'hui, il ne devait pas y avoir grand-chose à s'approprier.

Des ruines magnifiques, rien à dire, la Ziggourat, etc. Mais partir à la conquête de trois cents kilomètres de cailloux, je suis vraiment sceptique.

— Mais ce devait être totalement différent : au moins des petits bois, des prés fleuris, de luxuriants champs de haricots, des platanes le long des routes...

— Des platanes ?

— Bref, des platanes ou des pins ou ce qu'il y avait. Le fait est que le Tigre et l'Euphrate doivent avoir changé de cours en cinq mille ans.

— Et selon toi, il y a cinq mille ans, cela ressemblait plutôt à la Versilia ?

— Fais un effort, essaye de t'imaginer la Versilia dans cinq mille ans. Un touriste qui se promène au milieu des ruines de pensions de famille et de self-services. De temps à autre, en fouillant au milieu des pierres, il trouve un pot d'échappement qu'il emporte en douce, sous sa veste.

— Mais ce sera un faux, glissé là par des margoulins sans scrupules. Il y aura même tout un trafic de faux bidons, de faux ordinateurs, de faux sacs en plastique.

— Et les vrais seront au musée archéologique de Viareggio ?

— Ouvert seulement le jeudi matin et, en tout

cas, on ne pourra pas voir les deux poids lourds spectaculaires de Pietrasanta, toujours en restauration.

– « *Mais où donc est le bruit / De ces peuples antiques ?* » dira quelqu'un dans un italo-chinois laborieux.

« *Et le fracas / Qui recouvrit la terre et l'océan ? / Tout est paix et silence, le monde entier / Repose, et l'on ne parle plus d'eux.* »

Bavardages oiseux. Toujours est-il que l'on sait peu de chose, ou même rien, sur les vacances des Mésopotamiens. Les fouilles de ce que l'on suppose avoir été la ville assyrienne de Krkr ont mis au jour un temple (mais, selon d'autres savants, il s'agirait des écuries du palais) qui présente sur une grande partie du mur ouest une file très serrée de chars sculptés dans le granit *bumper to bumper*. Il semble évident qu'il s'agit du défilé de l'armée royale : chaque char est tiré par deux chevaux et conduit par un homme barbu, casque sur la tête et lance au poing.

Néanmoins, des assyriologues prestigieux comme Kammerbeek, et plus récemment Burns, n'ont pas écarté totalement l'hypothèse selon laquelle il s'agirait d'un « embouteillage » à l'occasion d'un « pont », ou un « exode » pour les vacances. L'alternative « grand retour » suggérée par Diehl n'est pas acceptable si l'on considère l'attitude fière et assurée des « conducteurs » qui, au retour des vacances, apparaîtraient au contraire avachis, voire harassés. Mais, de l'avis du plus grand nombre, l'absence de femmes, d'enfants, de vieillards et de bagages rend néanmoins la conjecture hasardeuse et ferait plutôt penser à un embouteillage de banlieusards *single* à l'entrée d'une ville. Ou plutôt (toujours selon Diehl) à la sortie, et dans ce cas l'expression des conducteurs devrait être interprétée non pas comme une fière assurance, mais comme un soulagement et une hâte concentrée (de rentrer chez soi).

Il existe aussi la fameuse « stèle de bienvenue sumérienne » (aujourd'hui aux Staatlichen Antikensammlungen de Munich), un bloc de porphyre trouvé devant la porte dite vulgairement « du chien », près de la ville présumée d'Aqrx, peut-être l'antique Axrq citée par Hérodote. L'inscription, en caractères protocunéiformes, gravée sur la stèle, a engendré une longue controverse. Selon l'interprétation de Rosenfeld, Ziegler, Prentice et d'autres, elle signifie :

Voici la grande (noble) (invincible) (hospitalière) ville d'Aqrx, chère aux dieux, qui accueille (honore) (couvre de dons) les étrangers (les voyageurs) de quelque peuple que ce soit, du moment qu'ils viennent en paix, admiratifs de nos usages sacrés et de nos monuments, et apportent de riches offrandes (sont disposés à de riches sacrifices).

Version séduisante, mais farouchement combattue par Jeffrey, Sundhous, Linforth et d'autres qui, en revanche, y lisent ce qui suit :

Voici la puissante (redoutable) (jalouse) ville d'Aqrx, chère aux dieux, qui méprise (torture) (chasse à coups de bâton) les étrangers (les vagabonds) de quelque acabit que ce soit, dans la crainte (pour éviter) que sa paix, ses admirables monuments et ses usages sacrés ne subissent offense (menace) par la venue de chacals qui apportent d'indécentes infamies (un vacarme inconvenant).

Quoi qu'il en soit, la politique touristique des Sumériens reste fondamentalement obscure.

Quant aux Babyloniens, il est peu vraisemblable qu'ils aient éprouvé le besoin d'abandonner leurs célèbres jardins suspendus. Tout au plus allaient-ils d'un jardin à un autre.

– Tu viens après-demain soir chez nous, vers 7 heures ? Nous donnons une petite fête pour célébrer le premier quartier de lune. Nous avons aussi un ensemble original de prisonniers juifs, les Daniel's Downandouters. Il paraît que leurs psaumes sont à se pâmer.

— Oui, j'en ai entendu parler. Mais... après-demain, dis-tu? Malheureusement non, je regrette, ce n'est pas possible, ma huitième épouse donne un banquet pour l'anniversaire de ma cent seizième concubine.

— Dommage, ce sera pour une autre fois. On se contentera de se saluer d'une terrasse à l'autre.

IV
Les Phéniciens

Il est pratiquement certain que les Phéniciens, pris par la navigation et le commerce, n'ont même pas songé aux vacances.

– Quand auras-tu fini de décharger ces outres de vin ?

– Pas avant la nuit.

– Et ensuite ?

– Beh, on embarquera aussitôt après les esclaves nubiens.

– Mais tu ne peux pas souffler un peu, de temps en temps ?

– Il n'en est pas question. Le vent est favorable.

– Mais une épouse phénicienne devrait pourtant avoir droit à passer quelques jours de vacances avec son mari.

– Et où, si je peux savoir ?

– Mais je n'en sais rien, on pourrait trouver un coin tranquille au bord de la mer...

– Non mais, tu es devenue folle ! La mer ! Moi, j'y vis onze mois et demi par an, et elle vient me...

— Si la mer ne te convient pas, il y a toujours la montagne.

— Ouais, au milieu des chèvres, des scorpions et d'un bon nombre de lions. Sans parler des nomades qui vous tranchent la gorge pour une paire de sandales en raphia. Non merci, ma chérie.

— Une oasis, alors. On m'a parlé d'une oasis absolument fantastique qui...

— À cinq jours d'ici, minimum. Cinq jours de désert à l'aller, cinq au retour. Non, ça ne va pas, tu peux faire une croix dessus.

— Bon, alors, tu sais ce que je te dis ? Embarque avec tes esclaves et amuse-toi bien avec eux.

— Excellent conseil. J'ai déjà remarqué deux jeunes adolescents pas mal du tout, frère et sœur, et les jours de calme plat...

— Et moi, ici, je garde le magasin, hein ?

— Mais tu as trois magasiniers qui te donnent un coup de main !

— Oui, mais rien d'autre que la main ! Tu comprends, ce sont des eunuques...

— Voilà bien l'esprit dissolu des Phéniciennes !

— Oh, je t'en prie !

— Sais-tu qu'on en parle partout en Méditerranée ?

— On peut bien en parler même en Atlantide, pour ce que j'en ai à faire !

V
L'Atlantide

En ce qui concerne ce brillant continent entre l'Afrique et l'Amérique, qu'il soit légendaire ou qu'il ait été englouti, nous n'avons que de vagues hypothèses alimentées par Platon et quelques géologues. Mais ce devrait être pour tous le lieu intimement désiré quand on songe aux vacances. De fait, il faut être prêt à en reconnaître les vestiges qui existent encore çà et là, et sur lesquels il arrive de tomber par miracle.

– De nombreuses agences de voyages, dans différentes villes, même de province, s'appellent Atlantide. Il est réconfortant de penser qu'elles ne sont pas arrivées à y mettre le pied et... des bungalows.

– Un proverbe affirme, péremptoire : « Si tu ne peux aller en vacances en Atlantide, il vaut mieux te contenter des parterres de la gare jonchés de pelures de pastèques. »

VI
Les Égyptiens

Créateurs de l'une des principales attractions touristiques de tous les temps, les pyramides, les Égyptiens nous ont donné par la même occasion la représentation du labeur humain la plus frappante qui soit.

Au premier coup d'œil, ces sépultures grandioses, objets d'une admiration hébétée depuis l'Antiquité, évoquent l'effort rythmé de milliers d'esclaves sous un soleil brûlant, stimulés par les claquements de fouet des gardes. Certains s'écroulent déshydratés, d'autres invoquent leur mère ou leurs enfants. Un vrai supplice.

– En revanche, quelles proportions parfaites ! Mon beau-frère, qui travaille chez IBM, m'a dit que, du point de vue mathématique, on ne se lasse jamais de...

– Bien sûr. Et Melissa, la chiromancienne que ma grand-mère consulte, soutient que chaque pyramide a des correspondances précises, pierre par pierre, avec le mouvement des astres, mais je ne saurais te dire comment...

— À ceci près que l'on peut se demander si cela valait la peine, pour un type quelconque...

— Mais ce n'était pas un type quelconque, c'était monsieur le Pharaon...

— De toute façon, pour nous aujourd'hui, ce n'est plus qu'un tas d'os, rien du tout. De lui, nous savons toi et moi ce que nous savons du pompiste qui fait notre plein à la station du coin.

— Mais le pompiste aussi aimerait qu'on parle de lui dans des siècles ou des millénaires. Comme tout un chacun.

— Non ! Si l'on pense à nos pharaons actuels, présidents, chanceliers, dictateurs, ministres tout-puissants, on a envie de rire. Tu les imagines sous une pyramide ? À force de creuser, on finit par découvrir que la pyramide était de verre et qu'en dessous il y avait Mitterrand.

— Ça ne tient pas debout ! Les pharaons étaient considérés comme des dieux.

— Mais ça ne les empêchait pas de s'en aller eux aussi. Plus la pyramide était grande et plus grande était leur peur de la mort.

— Pour moi, la niche du columbarium suffit.

— Bon, bon, retournons à l'autocar boire une autre bière glacée.

Quant aux vacances des Égyptiens, les obélisques, les papyrus, les peintures murales, etc., n'en parlent pas du tout. On peut présumer que les plus aisés se contentaient de naviguer le soir, sur le Nil, dans des embarcations dorées, tandis que d'habiles serviteurs les éventaient avec des flabellums en plumes d'autruche et de paon. Quand le général Oenobarbus, de retour d'Égypte, raconte à Rome comment Cléopâtre était apparue pour la première fois à Antoine, débarquant d'un somptueux bateau aux voiles pourpres « et si parfumée que les vents en languissaient d'amour » (W. Shakespeare, *Antoine et Cléopâtre*, acte II, scène 2), il évoque le retour de la reine d'une simple promenade sur le fleuve Cydnus, et certainement pas de vacances.

Aujourd'hui, aucune des reines ou princesses qui défraient la chronique mondaine ne réussirait à produire le même effet fatal en entrant dans un port de Toscane avec son trois-mâts, en provenance de Corse, ou vice versa.

— Voilà Sandra qui fait son numéro nautique.

— À ce qu'on m'a dit, elle croit que la bouline est une espèce de croquette mexicaine !

— Je sais, je sais, mais elle affronte n'importe

quelle mer pour ces arrivées au soleil couchant :
une silhouette altière et élancée se découpant sur
un ciel rougeoyant.

— Élancée, c'est vite dit.

— Elle ne résiste pas aux pâtes. Quoi qu'il en
soit, c'est comme ça qu'elle se voit.

— Moi, je la vois comme un spinnaker un peu
floche.

— Tu dînes chez elle, ce soir ?

— Non, grâce à Dieu ! En ce moment je vis de
salade.

— Moi, j'y vais. Au fond, elle m'amuse, notre
bonne grosse Cléopâtre.

VII
Les Étrusques

Un peuple fuyant, masqué, qui a l'air d'avoir été inventé dans un but purement touristique. Il partage certaines caractéristiques avec la mafia. Il est tapi partout, même dans les endroits les plus impensables. Malgré des enquêtes poussées, il conserve une aura de clandestinité mystérieuse. Mais sa civilisation, le plus souvent souterraine, offre à la nôtre, toute en surface, un très large éventail d'occasions touristiques. Dans un rayon de quelques dizaines de kilomètres, on trouve toujours une attraction étrusque pour passer un après-midi désœuvré et suffocant : une mine, une petite nécropole, quelques vases ou fresques érotiques troublantes, une enceinte de maçonnerie, une vitrine bourrée de statuettes votives.

— Ils devaient pourtant bien y penser un tantinet, à la mort.

— Non pas. Tous les visages étrusques sont souriants. Jamais un Étrusque n'a l'air préoccupé.

– Mais pourquoi souriaient-ils ?

– C'est là le mystère étrusque. Tu te rappelles les époux du sarcophage de Cerveteri ? Est-ce qu'on dirait qu'ils sont morts ?

– Non, en effet. Sereins, tranquilles, confortablement étendus sur la plage, en vacances comme nous.

– Tu vois ? Pour eux, mourir devait être une espèce de beau voyage. L'idée leur plaisait.

– La mort comme seules vraies vacances ?

– Pourquoi, tu n'es pas d'accord ?

– Écoute, essaie de me faire un sourire, tu veux bien ?

– Comme ça ?

– Non, ça c'est une grimace.

– Comme ça, alors ?

– Bon, laisse tomber, Dracula !

Le poète, écrivain et peintre Edward Lear, un Anglais excentrique qui inventa le *nonsense* en vers, a consacré en 1901 un de ses bizarres *limericks* au couple suggestif de Cerveteri (qui, en un certain sens, mériterait la première place dans l'iconographie des vacances). Nous le citons ici dans l'adaptation qu'en fit Vincenzo Cardarelli entre 1927 et 1929 :

À Cerveteri deux époux étrusques
gisaient comme des mollusques.
Le relax de sarcophage
rendait paresseux même l'œsophage
de ces languissants époux étrusques.

VIII
Les Grecs

Les Grecs (de l'Antiquité) ont tout inventé et la chose nous énerve encore. On dit la même chose des Chinois (de l'Antiquité), mais ce deuxième lieu commun est tempéré par la distance et limité par l'ignorance. Les spaghettis ? Chinois. Les feux d'artifice ? Chinois. Le baise-main et le corset orthopédique ? Chinois. Mais allons donc ! Ce sont des colles pour jeux télévisés : elles ne nous gênent nullement.

En revanche, la confrontation avec la civilisation grecque est quotidienne, constante. Pendant des siècles et des siècles, l'Europe cultivée s'est mesurée à des précurseurs déprimants qui avaient déjà pensé ce qui peut être pensé, écrit ce qui peut être écrit, construit ce qui peut être construit, sculpté ce qui peut être sculpté et expérimenté toute forme concevable de régime politique, sans parler de la dette préoccupante que notre langage a envers eux. Si la Banque mondiale des mots retirait d'un coup tout ce qu'il y a de grec dans notre langue (et pas seulement dans la nôtre), nous ne réussirions même pas à demander où se trouve l'arrêt du bus 74.

De temps en temps, quelqu'un se rebellait. À bas les chapiteaux corinthiens ! À bas Apollon et Iphigénie ! Ras le bol d'Euclide et de Zénon ! De très violentes disputes entre philosophes, artistes, poètes et savants se prolongeaient pendant des années. Mais le classicisme (c'est-à-dire l'obligation de s'exprimer dans un langage noble et avec des métaphores mythologiques) l'emportait toujours. Et cette obligation subsiste encore.

— Excuse-moi, supposons que j'éprouve, disons, un très fort penchant pour Sue Ellen, explique-moi pourquoi je ne pourrais pas dire simplement que j'ai perdu la tête pour elle ?

— Tu peux le dire dans cette gargote malfamée, mais tu ne peux pas l'écrire sur une carte postale envoyée de Rimini. Cela ferait un effet épouvantable sur l'intéressée, sa nourrice et ses tantes.

— Mais pourquoi, diable ? Moi, je lui dis ce qui m'arrive vraiment quand je pense à elle, et j'emploie bien une image, un euphémisme : j'ai perdu la tête, au sens figuré. La tête, si l'on s'en tient aux faits, je l'ai toujours, bien plantée sur les épaules.

– Et c'est une vraie caboche. Tu ne veux pas comprendre : ce sont les Grecs qui, une fois pour toutes, ont fixé les règles pour exprimer certaines choses. Nous ne pourrons jamais faire mieux.

– Alors, comment dois-je le lui dire, à Sue Ellen ?

– Bah, par exemple, tu peux dire qu'un dard décoché par le cher enfant de celle qui surgit de l'écume de la mer t'a réduit tel le sanglier auquel la vierge chasseresse...

– Mais que vient faire là l'enfant ? Et celle-là qui surgit de l'écume de la mer ? C'est une balise ?

– C'est une allusion à la déesse Vénus...

– Mais moi, je n'en veux pas de la déesse Vénus ! Moi, il me faudrait plutôt une allusion à la...

– Tais-toi, cochon !

– Mais je ne devais pas être le sanglier auquel la vierge chasseresse ?...

– Laisse tomber, allons faire un tour à l'Agora.

Un joug pesant, frustrant, qui commençait avec Aurore aux doigts de rose et finissait avec le char de Phébus précipité par Thétis tandis que la diaphane Séléné... Pendant un moment, les cortèges des révoltés défilaient dans la ville avec leurs slogans : « Vive la lune ! » « Appelons mer la mer ! » « Ça suffit avec les chars volants ! » Mais, très vite, ils se heurtaient au énième néoclassicisme. Les colonnes doriques revenaient avec les tympans, les frises et les nombres d'or de ces maîtres infaillibles, toujours là à dicter la loi dans les hôtels particuliers de Buenos Aires comme dans les sous-préfectures françaises, dans les gratte-ciel de New York, dans les stades hitlériens et dans les villas postmodernes. On peut supposer qu'un certain nombre de revalorisations culturelles de notre temps sont inconsciemment motivées par le désir de se libérer de la civilisation grecque, d'aspirer pour une fois une bouffée d'air.

— Es-tu allé voir la grande exposition des Précolombiens ?

— Pas encore. Je reviens tout juste de la méga-exposition des aborigènes australiens. Une merveille.

— On dit que la super-exposition des Esquimaux est aussi très intéressante. Il paraît qu'il y a des igloos cannelés qui ne sont pas sans affinités avec le Parthénon.

— Ils étaient arrivés jusque là-haut, tu te rends compte !

En somme, il n'y a rien à faire. Pourtant, à première vue, ces inventeurs de tout ne semblent pas avoir eu l'idée des vacances. Inutile de la chercher chez les auteurs tragiques, sinon pour ceux (rares ? nombreux ?) qui ont tendance à voir dans les vacances une espèce de malédiction inéluctable. C'est en vain qu'une Cassandre télévisuelle, l'air contrit, prophétisera des embouteillages et des hécatombes sur les autoroutes : les pauvres mortels devront néanmoins se mettre en branle. Poussés par la Nécessité, ils ne pourront se soustraire aux tourments qu'eux-mêmes se sont infligés en faisant des réservations dans des hôtels, des pensions et des campings, en retenant des cabines et en prenant des places pour des chœurs assourdissants, implacablement amplifiés, de demi-dieux « en concert ».

Oui, les noms d'Eschyle, de Sophocle, d'Euripide paraissent presque fraternels à l'homme en vacances qu'effleure la pensée de couper en morceaux les trois enfants du voisin de parasol et de les servir ensuite aux parents à la place de la grillade de calamars indonésiens, ou qui est alléché par la perspective de voir incendier toutes les caravanes alignées dans la pinède, avec d'immenses flammes dignes de Troie. Ces sinistres événements mythologiques peuvent être aussi lointains que l'on veut, mais ils ont laissé des traces chez certains d'entre nous.

Par ailleurs, il semblerait que l'on puisse démontrer par la négative que, pour les Grecs, les vacances étaient un sujet indigne d'intérêt. Aristophane n'aurait pas manqué de se moquer de ses concitoyens si ceux-ci eussent été aussi obsédés que nous par les vacances. On objectera qu'un grand nombre de ses comédies ont été perdues, mais parmi celles qui restent aucune ne traite, même fugitivement, du pénible sujet. Quant à Aristote, ordonnateur de tout, il est significatif qu'il ne consacre pas une seule ligne aux vacances. Enfin, si la chose avait eu quelque importance, Platon s'en serait sans aucun doute servi comme sujet de l'un de ses dialogues.

SOCRATE : Pour quelle raison, ô Alcibiade, sembles-tu aujourd'hui plus souriant que d'habitude et jouir par avance, comme une fillette qui attend le gâteau de noix et de miel, au nom intraduisible, que son aïeule chenue lui a promis ?

ALCIBIADE : Parce que demain, ô Socrate, avant que le char de...

SOCRATE : Laisse courir le char, je t'en prie, et

expose selon les critères que je t'ai enseignés les motifs de ta joyeuse impatience.

ALCIBIADE : Voilà ! En plus de deux années, ô Socrate, j'ai accumulé dix-neuf jours de congé non utilisés qui, selon les lois d'Athènes...

SOCRATE : Tu veux dire des vacances non prises.

ALCIBIADE : C'est exactement ce que je veux dire et demain matin, dès que les doigts de rose de...

SOCRATE : Je sais tout des doigts de rose. Dis-moi plutôt : ces dix-neuf jours, tu les as bien vécus pourtant ?

ALCIBIADE : C'est ce qu'on pourrait affirmer, ô Socrate, mais il n'en est rien. Pendant ces deux années, ils sont restés en suspens dans mon esprit avide. Dix-neuf jours inexistants, n'ayant pas existé, dans un bungalow de la verte Arcadie poissonneuse, offert par un ami et où, à présent, enfin...

SOCRATE : Et dis-moi : as-tu éprouvé du plaisir à imaginer ces jours que tu appelles inexistants ?

ALCIBIADE : Tu peux le dire bien haut, ô Socrate. Je me représentais sans cesse la petite rivière bruissante, je me voyais assis sur sa rive caillouteuse, je comptais et recomptais des truites de 900 grammes mordant à mon hameçon recourbé habilement dissimulé par un lombric, tandis que ma gaule bien conçue se courbait au-dessus du...

SOCRATE : Ton imagination est vive et conta-gieuse, et je t'exhorte à...

ALCIBIADE : Oui, oui, mais je suis impatient de pouvoir enfin passer à l'action.

SOCRATE : Je ne t'ai donc rien appris.

ALCIBIADE : Tu penses que je ferais mieux d'utiliser la mouche erratique au lieu du patient lombric ?

SOCRATE : N'abordons pas la question des esches, ô Alcibiade. J'espérais qu'il était désor-mais évident pour toi qu'aucune réalité, à la montagne, ne pourra jamais égaler ces dix-neuf jours virtuels. En effet, la plénitude maximale réside dans la virtualité maximale. Ce n'est pas l'action qui rend l'homme heureux, mais de savoir qu'il peut agir. De sorte qu'en partant avec ta gaule pour l'Arcadie tu t'appauvris, tu te prives de merveilleuses vacances sans fin, juste-ment parce que tu auras voulu en jouir.

ALCIBIADE : Ainsi donc tu penses que je devrais renoncer à mes dix-neuf jours de vacances non utilisés ?

SOCRATE : Pas seulement à ceux-là. En renon-çant à toutes les vacances, pour toujours, tu accumulerais un trésor de virtualité que chacun t'envierait à Athènes sans par ailleurs pouvoir te le dérober.

ALCIBIADE : Voilà qui est tout à fait rassurant, mais l'idée de ce frétillement argenté dans les eaux du torrent...

SOCRATE : Tu as bien dit : l'idée ! C'est l'idée qui compte, pas le poisson.

ALCIBIADE : Peut-être, mais ces truites grillées sur les braises d'olivier parfumé...

SOCRATE : À présent, permets-moi de te mettre à l'épreuve : ferme les yeux et mâche lentement ce navet un peu pourri en concentrant ta pensée sur la truite au gril accompagnée, si grand est le pouvoir sans limites de la virtualité, d'aubergines et de câpres.

ALCIBIADE : Je ne sais pas si je me sens à la hauteur.

SOCRATE : Aie confiance, ô Alcibiade. Moins l'on a et plus l'on a.

ALCIBIADE : Mais ne peut-on faire la même expérience, ô Socrate, sans le détail du navet pourri ?

SOCRATE : On peut la faire avec un caillou, un os, un crapaud, un gâteau aux noix et au miel, une feuille de ciguë, n'importe quoi...

ALCIBIADE : Ainsi, si j'ai bien compris tes

arguments, on pourrait aussi la faire avec une truite grillée.

SOCRATE : Mâcher une truite grillée en pensant intensément que l'on est en train de mâcher une truite grillée ? Pourquoi pas, spécieux jeune homme, pourquoi pas ? C'est une tautologie, subtile et séduisante, et je t'en accorde le mérite. Où se trouve précisément, ô Alcibiade, ton bungalow en Arcadie ?

Et in Arcadia ego (« Moi aussi je suis ici en Arcadie »). Nous pouvons faire semblant de rien, interpréter l'antique expression à la manière funèbre de Poussin ou du Guercin, au lieu de celle, bucolique, de Virgile et de Goethe. Mais, en réalité, il s'agit de la première formule de carte postale illustrée, sans les gros baisers, existant au monde. La mortification de nous autres modernes est infinie. Le tourisme, les vacances ont, il faut finalement l'admettre, un moule grec, comme tout le reste. Il suffit de regarder *L'Embarquement pour Cythère* de Watteau pour s'en rendre compte. Ces belles dames frivoles, ces gentilshommes oisifs, ont déjà fait le choix essentiel : trois semaines sur le bateau de Jean-Claude. Et pour où ? La Sardaigne ? Mais non. Les Baléares ? Allons donc ! Le but enchanté, le lieu liquide des plus molles délices, loin des soucis, des magasins et des responsabilités, sera en définitive l'île de Cythère, dont le nom a disparu aujourd'hui des cartes maritimes, mais qui est bien présente dans l'imagination de tout Occidental civilisé. Et tout Occidental plus ou moins civilisé a dans les yeux, quand il pense aux vacances, des images en grande partie filtrées jusqu'à lui par la peinture de sujets mythologiques. Des nymphes grecques qui courent, légères, au milieu de petits bois grecs. De tendres prés grecs où de petits amours grecs font des rondes. Des pastoureaux grecs qui jouent de la flûte grecque en surveillant de calmes troupeaux de moutons grecs. Des dieux et des demi-dieux grecs penchés sur des vierges grecques imprudemment endormies à l'ombre d'arbres grecs feuillus. Des chevaux ou des demi-chevaux grecs qui galopent sur des plages de sable grecques intactes.

— Jamais de la vie ! Ce n'est pas ça du tout ! La mythologie grecque est la source de tous les films d'horreur !

— Que veux-tu que je te dise, moi, je n'imagine que des scènes bucoliques.

— Non, excuse-moi, réfléchis un instant : des monstres épouvantables partout, des vengeances réciproques qui duraient pendant des générations, puis des massacres, des sacrifices humains, des tourments sexuels, des viols, des incestes, sans parler de Léda avec le cygne et du taureau qui séquestre Europe ! Un enfer pire que la Bosnie.

– Sans doute, mais moi, je vois la grotte naturelle avec un petit lac à l'intérieur, je vois Diane qui s'y baigne nue et, quand je me promène, comme ça, dans les bois autour de Bardonecchia...

– Ouais, et ce pauvre type qui se promenait, elle l'a aussitôt transformé en cerf !

– Bah, la vie d'un cerf, en ce moment, dans un beau parc naturel, protégé par le WWF...

– Mais tu n'y es vraiment pas : ses propres chiens l'ont lacéré pendant un quart d'heure. C'est une histoire épouvantable, des choses que même au Grand Guignol, à sa belle époque...

– Tu ne vas tout de même pas comparer Diane chasseresse au Grand Guignol ?

– Qu'est-ce que j'en sais, qu'est-ce que j'en sais, peut-être bien, parfois je me demande si la mafia elle-même...

– N'a pas été inventée par les Grecs ?

– Ils ont tout inventé, on le sait. Y compris d'ailleurs le Baedeker.

– Comment ça ? Quel Baedeker ?

– Mais celui de la Grèce, tout d'abord ! Un gros volume d'itinéraires touristiques au départ d'Athènes, composé à l'époque hellénistique par un certain Pausanias, appelé « le Periegète » (c'est-à-dire « le Guide ») et intitulé justement *Guide de l'Hellade*. Mais aussi des *Périples* pour les participants aux croisières et, enfin, un *Guide de la Terre* complet d'un certain Denis (dit « le Periegète » lui aussi).

– Mais alors, qu'est-ce qui nous reste, à nous ?

– Quelques variantes, ô Alcibiade. Quelques pauvres amuse-gueule.

– Écoute-moi, ô Socrate, et si nous allions voir cette maxi-exposition de l'Art de la cravate au XIXᵉ siècle ? Tu ne me diras tout de même pas que les Grecs portaient la cravate.

– Et pourquoi pas ? Simplement, elle s'appelait *épitrachélion* et elle était rarement à pois.

IX
Rome

Même s'il n'existe pas (mais pourquoi pas ? peut-être a-t-il été perdu ou le retrouvera-t-on un jour au Vatican ou dans quelque université secondaire des États-Unis) de traité sur les vacances rédigé par un auteur classique mineur, c'est sur le mot latin *villa* que se fonde en pratique le concept de ce que nous entendons aujourd'hui encore par vacances. À l'origine, ce terme désignait la simple ferme ou même, de façon plus générale, la campagne, d'où le « vilain fruste », mais aussi la « gentille "jeune" villageoise », en opposition à la ville. Mais au fur et à mesure que les fameuses « deux cents familles » de l'aristocratie romaine acquéraient des richesses, du pouvoir, une clientèle et faisaient connaissance avec les épuisantes complications qui y étaient liées, croissait en elles le désir de se retirer de temps à autre dans un petit coin tranquille, loin du vacarme et des névroses de la capitale.

Tournant décisif. C'est ainsi que naquirent, il y a plus de deux mille ans, le plein d'essence et le départ à 8 h 25 (on avait dit 7 heures, mais on ne réussit jamais, je dis bien : jamais !) vers le trois pièces-cuisine dans la résidence Pleinsoleil. En ce sens, on peut retourner l'expression courante et tranquillement affirmer que tous les chemins (pour les vacances) partent de Rome. Libre ensuite à la famille ensommeillée de tirer orgueil d'une si noble ascendance entre un échangeur et un péage, ou de mesurer désespérément sa propre abjection par rapport à ces illustres modèles.

C'est que le touriste le plus indolent et ignare ne peut ignorer que les « résidences secondaires » construites par les Romains à la campagne ou à Formia, Baia, Capri et mille autres lieux on ne peut plus agréables, un peu partout en Europe, n'avaient rien à envier aux villas hollywoodiennes. Des marbres, des mosaïques, des colonnes, des fontaines, des fresques, des piscines, des statues égayaient les jours et les nuits de ces privilégiés qui, grâce à une économie basée sur l'esclavage, ne manquaient pas de serviteurs de toutes sortes, du philosophe grec au *killer* manuel de mouches et de moustiques. Curieusement, les innombrables reconstitutions

44

de cette vie « en villa » que le cinéma nous a offertes dès ses débuts n'ont jamais été convaincantes.

— Change de chaîne, s'il te plaît.

— Tu n'aimes pas les péplums ?

— Je ne les supporte pas.

— Même pas celui avec Marlon Brando qui prononçait un discours sur la dépouille de César ?

— Le beau mérite ! Le dialogue était de Shakespeare.

— Mais il y en a eu d'autres tout à fait convenables.

— Non, tu sais, moi quand je vois la litière qui approche de la grande villa d'un blanc étincelant au milieu des chênes...

— Mais elle étincelait vraiment, les marbres étaient neufs.

— Et les toges ? Qu'est-ce que tu dis des toges et des chaussures ?

— Elles sont très exactement inspirées de la sculpture romaine, plus aucun costumier n'ose prendre de liberté. En outre, il y a toujours un pontife d'Oxford qui supervise.

— Puis c'est le tour des jupettes, des cuirasses, des petites tuniques, des grandes tuniques, et commence alors la scène de l'orgie.

– Mais là aussi, tous les détails sont authentiques. Personne n'invente rien. Il y a des tas de textes qui racontent ces ripailles et beuveries au milieu des danses et des musiques variées.

– N'empêche, ça me fait seulement rire. Je ne sais pas, je ne peux pas y croire, je ne réussis pas à participer. Je t'avoue qu'un film de science-fiction comme *L'empire contre-attaque,* ou quelque chose du même genre, me paraît plus vraisemblable.

– C'est sans doute à cause de ce grotesque *revival* de l'Empire romain sous le fascisme.

– Mais cela fait plus d'un demi-siècle ! Et, si tu réfléchis, la Révolution française elle aussi était pleine d'Horaces et de Curiaces. Est-ce qu'en 1850 un Parisien les trouvait ridicules ?

– En fait, ce doit être vraiment la faute exclusive du cinéma. On s'est contenté de romans de troisième catégorie, *Ben Hur, Quo vadis ?, La Tunique,* etc. Comment se fait-il que quelqu'un comme Spielberg ou Ridley Scott n'aille pas chercher quelque chose de mieux chez les grands écrivains ?

– Parce qu'il a peur de devoir faire, bon gré mal gré, la scène de l'orgie dans la villa. Le producteur l'exige, le public l'attend.

– Mais il y aurait le *De bello gallico,* il y a

Plutarque, Tite-Live et Tacite avec des sujets, des scènes et des personnages absolument sensationnels ! Et les luxueuses villas de Cicéron, qu'il appelait avec snobisme *villulae meae* (« mes petites villas ») ? Il en avait quatre ou cinq, l'avocat. C'est d'ailleurs lui qui, le premier, a touché du doigt l'un des principaux tourments des vacances : quand il était en ville, il avait envie de la quitter pour une villa et quand il était dans une villa, il n'avait de cesse que de retourner en ville.

– Ce n'est pas mon cas, moi je n'ai pas la moindre villa.

– Mais dis-moi la vérité : au bout de dix jours à la pension Iris (1re catégorie), est-ce que tu ne commences pas à éprouver un léger malaise, à penser de plus en plus à l'ascenseur de l'escalier C, via Curzo Rufo 49 *bis* ?

– Tu as raison, l'avocat reste toujours l'avocat.

Mais avant même l'avocat, les Romains pratiquaient déjà couramment le tourisme. Il y a l'exemple de Scipion Émilien qui, ayant finalement soumis la Macédoine après des années et des années d'une guerre balkanique on ne peut plus décevante, répondit à l'intervieweur de l'époque (IIe siècle av. J.-C.) : « Vous voulez

savoir ce que je vais faire à présent ? Eh bien,
avant de retourner à Rome pour mon triomphe,
j'ai l'intention de visiter les principales villes et
les plus fameux monuments de la Grèce. Il y a
un siècle que j'en entends parler. »

Un général victorieux pouvait se le permettre,
mais l'émouvant graffiti trouvé à Thèbes est
d'un simple sous-officier : « Moi, Januarius, j'ai
vu et admiré ce lieu avec ma fille Januarina. »
Et, sur un mur de Pompéi, une petite famille
dominicale, doublement classique, laissa la trace
de son excursion à peu près dans ces termes :
« Cela nous a plu, rien à dire, mais nous sommes
encore plus contents de nous en retourner dans
notre belle ville de Rome. »

Rien n'a donc changé aujourd'hui ? Bah, il ne
faut pas trop simplifier. En l'absence de films de
vacances regardés – pistolet sur la nuque – chez
des amis, et de reportages photographiques
exhaustifs dans les revues spécialisées, ces lieux
devaient avoir un tout autre pouvoir d'évocation
pour celui qui se mettait en route. On en lisait et
écoutait des descriptions enthousiastes, mais
c'était l'imagination qui préparait le terrain.
Sans compter que la rencontre (pardon, l'impact)
avec la « merveille » choisie, sphinx, temple,
colosse, ruines sacrées, était précédée de longs

voyages, toujours pénibles, souvent dangereux.
On y arrivait, mais à quel prix. Et la récompense
finale devait être infiniment plus grande que
pour nous, à qui tout est facilité, pour qui tout est
déjà connu et archiconnu. Plutôt que des tou-
ristes, nous ne sommes plus que de simples véri-
ficateurs. Ah, oui, voici les Andes. Ouais, ouais,
voilà le Mississippi, c'est bien ça.

La *Satire V* du poète Horace est le premier
compte rendu de voyage qui signale, tel un guide
Michelin, les bons et les mauvais restaurants et
hôtels (sur le trajet Rome-Brindisi). En outre, la
même satire rapporte le premier cas d'« exaspé-
ration de voyage » : le pauvre poète déteste ces
péripéties incommodes, il préférerait de beaucoup être resté chez lui, dans sa villa, avec sa
Lalage ou sa Leuconoe, sinon avec toutes les
deux.

Dans une société élitiste comme la société
romaine, à la tête d'un empire aussi vaste et de
si longue durée, l'arbre du snobisme devait
nécessairement pousser avec vigueur. Et, parmi
ses branchages entremêlés, il y avait nécessairement un rameau touristique. Les jeunes gens de
bonne famille allaient en Grèce pour « appren-
dre la langue », s'exercer à la rhétorique, visiter
les cités antiques et rapporter à la maison des

souvenirs authentiques ou faux, ainsi que l'affec-
tation de parler grec, au grand agacement des
traditionalistes. C'était, ni plus ni moins, le
« grand tour » des aristocrates européens du
XVIIIe siècle, qui se rendaient dans le Sud – Italie, Grèce ou Turquie – ou parfois dans le Nord,
comme le relate le comte Vittorio Alfieri dans
son *Histoire de ma vie* si vivante et haute en
couleur.

Pour boucler la boucle, ou si l'on préfère pour
serrer la corde autour de nos cous de vacanciers
modernes, il y a enfin la villa que l'empereur
Hadrien (76-138 apr. J.-C.) se fit construire près
de Rome, à la fin de sa vie. La vaste propriété est
parsemée de ruines énigmatiques, dans un grand
nombre desquelles il semble toutefois admissible
de reconnaître des reproductions d'édifices
célèbres, qu'Hadrien avait vus et aimés au cours
de ses longs voyages à travers l'Empire. Une
prodigieuse collection de cartes postales-souve-
nirs en maçonnerie, pouvant être contemplée à
tout moment sans se déplacer. Ce que les archi-
tectes appellent une « folie », une bizarrerie, un
caprice, une extravagance, mais à une échelle
vertigineuse pour nos yeux éblouis devant un
misérable Disneyland.

– Mais alors, excuse-moi, on en revient toujours à la querelle des Anciens et des Modernes ?

– Et quelle querelle ? Je dis seulement qu'avec sa villa, notamment, Hadrien a aussi inventé la citation *post-modern* et que, par conséquent...

– Et que, par conséquent, nous ne sommes que de pauvres vers rabâcheurs.

– Moi, je n'ai rien contre les vers en général. Mais un ver plein de soi, gonflé d'orgueil et qui se promène avec des airs de dragon...

– En somme, il se pourrait que ces Anciens nous soient toujours supérieurs, quoi que nous fassions ?

– Tu n'as pas compris. Le défi est dépassé. Les Anciens ont perdu, pour la simple et bonne raison que plus personne ne se mesure à eux. Il doit y avoir mille fois moins de visiteurs à la villa Hadrien qu'à Disneyland et c'est déjà beaucoup qu'on n'y ait pas construit des résidences en copropriété ou des immeubles pour les employés des postes handicapés.

X
Les Arabes

Dans les vieux manuels d'histoire, après les Romains venaient toujours les Arabes : un chapitre assommant, un bloc de lignes serrées et rébarbatives que l'on apprenait péniblement et que l'on oubliait dès que possible. Aucun de ces diligents compilateurs, aucun de ces probes enseignants ne nommait jamais Shéhérazade, à laquelle les vacances des Occidentaux doivent beaucoup plus qu'à Hammamet et à d'autres localités balnéaires semblables.

À travers les contes des *Mille et Une Nuits,* la passion compréhensible des Arabes pour la fraîcheur a modelé une grande partie de nos automatismes au sujet du soleil, de la chaleur, de l'été, pour ne pas parler des nuits magiques constellées d'étoiles. Dès que le thermomètre approche de trente degrés, même le plus raciste des Européens commence à rêver en arabe, consciemment ou non : une douce fantasmagorie de fontaines murmurant dans le silence, de jardins ombragés, de murs artistiquement percés pour laisser passer la moindre brise, d'amples vêtements flottants sans coutures ni boutons, et des éventails, des sorbets, des coussins, de délicieux abandons dans cette position de molle réceptivité propre à l'auditeur de Shéhérazade. Tous califes, tous vizirs, sous la canicule. Et le retraité resté dans la ville déserte qui, enfin, le soir venu, installe son fauteuil sur le balcon au milieu de plantes pas exactement au top de leur forme et jouit des premiers et timides souffles de vent, voyage sur un tapis volant vers les minarets de Bagdad, consciemment ou non. De leurs tanières dans les wagons de marchandise de gares abandonnées, les vendeurs ambulants le suivent d'un regard mélancolique.

XI
Les Barbares

Les vacances des Huns, des Vandales, des Wisigoths, des Longobards, et *tutti quanti* ? Comment les imaginer ? On pourra tout de même noter que l'apport de ces gens à nos vacances a été précieux dans le domaine lexical. C'est à eux que sont empruntés les clichés habituellement employés par les mass media pour les mass-déplacements de nous autres civilisés.

« Invasion du nord ! Queues de 38 kilomètres aux cols alpins ! »

« Des hordes à demi nues submergent Venise ! »

« La gare de Florence ravagée par des vandales déchaînés. »

« Capri dit non aux nouveaux barbares. »

« Terre brûlée après le "pont" de Pâques : on ne trouve plus une tranche de saucisson en Émilie-Romagne. »

Mais s'il est vrai que ces peuples ne restaient jamais en place, il faut reconnaître qu'ils étaient mieux habillés que nous, avec nos misérables shorts et nos faux Lacoste. Les trente-neuf chants (ou « Aventures ») du *Nibelungenlied* correspondent pratiquement à autant de défilés de mode, féminins ou masculins.

Avant de partir pour Worms, pour le Rhin ou pour Passau, les groupes (toujours des milliers de participants) revêtaient ce qu'ils avaient de plus précieux, de rares étoffes importées, des bijoux somptueux, des broderies, des voiles, des manteaux, des heaumes, des boucliers décrits et redécrits avec la minutie de *Vogue*.

– Mais c'étaient tous des nobles. Ils le faisaient pour en imposer aux autres nobles. C'était une question de prestige.

– Peut-être bien, mais l'impression demeure d'une civilisation très élégante, raffinée et exquise.

– Mais ils ne savaient occuper leurs loisirs que de deux façons : la chasse et les tournois. « Vers la douzième heure un grand vacarme s'éleva / Causé dans la cour par de preux chevaliers / Qui paradaient pour tromper leur ennui » (chant XIV, 8). Et le roi devait intervenir pour les faire cesser, le tohu-bohu et la poussière dérangeaient les dames.

– C'est justement la preuve de leur bonne éducation. Essaye de faire taire les klaxons de quatre mille automobilistes bloqués au péage de Bologne. Les Nibelungen, les Burgondes, les Huns eux-mêmes ne se seraient jamais laissés aller à un défoulement aussi stupide qu'inutile.

– Tu es en train de me dire que tu trouves plus policée que la nôtre une civilisation dans laquelle une dame de très haut rang soulève seule une pierre que douze guerriers robustes lui ont apportée « péniblement » (chant VII, 449) et la lance ensuite « douze toises plus loin » (*id.,* 463) ?

– À cette époque, le sport était une chose sérieuse. Pas d'anabolisants, pas de doping. Et pas de défis imbéciles genre Club Méditerranée.

– Mais ta championne, Brünhild, refusa de remplir ses devoirs conjugaux. Elle repoussa brutalement les caresses de son mari et même « lui lia les mains et les pieds et le pendit à un crochet fixé au mur » (chant X, 637). Un tel comportement te paraît civilisé ?

– C'est toujours mieux que de lui couper le pénis avec un couteau de cuisine. Sans compter que personne n'aurait su le lui rattacher, au pauvre Gunther. On ignorait la chirurgie.

– Mais il y avait la magie. Un peu de sang de

dragon, et son ami Siegfried le lui aurait remis en place, instantanément.

– Hem... À propos, entre nous, que penses-tu réellement de cette fameuse nuit entre Siegfried et Brünhild ?

– *No comment.*

XII
Byzance

Les Byzantins ne cessèrent pratiquement jamais de combattre au cours de leur longue histoire. Ils étaient de durs et impitoyables guerriers sur terre et sur mer. Ils inventèrent le « feu grégeois », terreur des flottes ennemies ; ils défendirent bec et ongles leur précaire empire d'Orient dont ils étaient très fiers. Après la chute de Rome, ils considéraient qu'ils en étaient les seuls héritiers légitimes et ils traitaient avec un mépris mal dissimulé les plus nobles chevaliers nordiques accourus pour les croisades. Ils nous laissèrent des œuvres d'art fascinantes et le souvenir de l'Hippodrome, où des *fans* sanguinaires s'entr'égorgeaient pour la victoire ou la défaite d'un bige.

Malgré cela, Byzance est devenue pour nous un mot à consonance lyrique, synonyme d'un interminable crépuscule déliquescent, non exempt de coupables fatuités.

L'expression « Discuter du sexe des anges pendant la chute de Byzance » achève, avec une sévérité excessive, une vaillante agonie. Il y eut bien autre chose que des disputes abstraites et pointilleuses, des inconséquences, de l'aveuglement et des bavardages oiseux avant que les bombardes turques fissent s'écrouler les murs de Constantinople, en 1453. Il n'en reste pas moins vrai que la « perception » de Byzance, parvenue jusqu'à nous à travers quelques grands poètes, reste en définitive celle-là, tout à la fois lancinante et risible : un glissement imperceptible, une chute ralentie, une fin perçue si longtemps à l'avance qu'elle donne l'illusion de ne jamais devoir se produire, permettant donc de regarder ailleurs et de s'abandonner pendant une heure, un jour encore, à une espèce d'insouciance suicidaire.

C'est au milieu de coups de tonnerre et d'éclairs qu'a lieu le premier orage de la fin d'août, comme dans les *Vitelloni* de Fellini. Mais le lendemain, le soleil brille de nouveau, bien que moins dominateur, et l'on s'achemine vers septembre (mois byzantin par excellence) en remarquant à peine que les jours ont raccourci, en appréciant même cette pointe de fraîcheur qui, le soir, oblige à sortir pulls et châles. Les vacances vont finir, tout le monde repartira dimanche, mais la conversation autour des tables du glacier se déroule toujours aussi paresseuse et agressivement futile.

— Je ne sais pas, j'ai presque envie de prendre... c'est ça, disons citron et fraise avec une goutte, mais vraiment une goutte, de whisky.

— Mais qu'est-ce qu'ajoute le whisky, dis-moi ? Ça ne va pas du tout. C'est de la vodka qu'il faut.

— La vodka, mais la vodka suédoise, soyons clairs, moi je ne l'admets qu'avec la glace au kiwi.

— Pour moi, le kiwi ne tolère que le chocolat.

— C'est un sacrilège ! Le chocolat ne rime à rien, si ce n'est avec de la crème.

— Moi, je l'aime aussi avec le melon, par exemple.

— Quelle dégénérescence !

— Et c'est toi qui me dis ça, toi qui a pris de la myrtille et de la mangue ?

— Et toi alors, avec ta papaye au Grand Marnier ?

— C'est toujours moins absurde que ton whisky à la fraise et au chocolat.

— D'ailleurs, pour la petite histoire, j'avais dit

fraise et abricot, mais laissons tomber. Quoi qu'il en soit, un de ces soirs, je t'emmène au Club de la Glace, en bas, à côté du môle. Eux au moins ils font des cocktails de parfums vraiment insolites : coco et romarin, pomme de terre et menthe, oignon et...

– Pour moi, ce sont de stupides byzantinismes.

XIII
Dante & C°

Les vieux professeurs avaient l'habitude d'appeler Dante Alighieri le « Père Dante ». Une marque d'affection déférente et justifiée à l'égard de l'homme auquel, en somme, on doit tout ce qui est écrit aujourd'hui dans ce pays, en bien et, naturellement, beaucoup plus souvent, en mal.

Mais l'on sait que le génie se trouve aussi dans les petites choses. Le fondateur de la langue italienne, le très savant auteur de traités, le Grand Aventurier de l'Enfer, du Purgatoire et du Paradis (un trekking métaphysique qui contient toutefois toutes les émotions charnelles, tous les dangers, les surprises, les gênes et les pièges d'un voyage en une terre la plus inconnue qui soit), eh bien, cet Immense Poète qui est pour nous « le » Vate, au même titre que Shakespeare est « le » Barde pour les Anglais, nous a offert aussi de la main gauche, en une concentration infiniment douce, le rêve qui flotte en chacun de nous entre « mémoire et désir », le mètre d'or sur lequel imaginer et mesurer toutes les vacances à partir de l'adolescence.

> Gui, je voudrais que Lapo, toi et moi
> fussions pris par enchantement
> et mis dans un vaisseau qui, à tous vents,
> par mer allât à votre vouloir et au mien...

– Mon Dieu, ce que c'est émouvant ! J'en ai pratiquement les larmes aux yeux, je t'assure.

– Mais ce qui est le plus touchant, c'est qu'il n'y croit pas lui-même. C'est un réaliste. Il jette là une idée en sachant pertinemment qu'une petite croisière de cette sorte, avec ses plus chers amis, ne peut avoir lieu que par enchantement.

– Et les filles ? Elles y sont aussi dans le *dream-team*.

– Bien entendu ! Monna Vanna et Monna Lagia pour les deux autres et, pour lui, une candidate au titre de Miss Florence, « Celle qui est sur le nombre des trente ».

– Toujours amateur de périphrases, notre Ami.

– Mais non, c'est de la délicatesse. La ville était petite, les gens jasaient.

– Et toi, tu y crois qu'une fois au large, avec la lune, etc., ils se contentaient de parler d'amour ?

– Bah, pour parler ils parlaient dur, c'était l'époque. Toutefois, avant Béatrice, ce n'est pas vrai qu'il ne pensait pas à la bagatelle. Tout pouvait arriver sur cette nef magique.

– Pour moi, cela semble clair. Surtout là où il est souhaité que « chacune d'elles fût contente ».

– Non, là tu te trompes. C'est de nouveau le réaliste qui parle. Il part sur l'imaginaire, mais ensuite, quand il se représente la situation telle qu'elle serait réellement, il ne peut oublier la conflictualité inhérente à une croisière avec des femmes à bord. « Alors, on va vers Ponza ? En réalité, moi je préférerais l'île du Giglio. Que diriez-vous de Portofino ? Trop de gens, trop de circulation : moi, je suis pour les Éoliennes. La barbe, c'est si loin qu'on n'y sera jamais ! Plutôt l'île d'Elbe, moi, je vote pour l'île d'Elbe ! » Des prises de bec immédiates. Toutes trois faisant la tête. Aucune n'étant contente.

– Machiste ?

– Mais il les vénérait ! As-tu jamais imaginé un seul instant pouvoir entrer au Paradis grâce à une femme ?

– Franchement non. Moi, je suis aussi mystique qu'un cœlentéré.

– Tu ne sais pas ce que tu perds, très cher Lapo.

En ce qui concerne les deux autres grands fondateurs de la littérature italienne, François Pétrarque fait jaillir les « claires, fraîches et douces eaux » de la Fontaine de Vaucluse, à l'origine de tous les spots d'eaux minérales gazeuses et naturelles, avec leurs variantes infinies sur le thème de la soif estivale. Une Laure qui vient tout juste de se laver les cheveux sautille parfois, une bouteille à la main, au milieu des rochers ou sur le green émeraude d'un terrain de golf.

Quant à Jean Boccace, c'est lui qui a établi une fois pour toutes la structure non idéale, non rêvée, mais pratique et valable jusqu'à hier, des vacances. Une villa en dehors de la ville (résurrection de la villa romaine après les hordes d'automobilistes huns, goths, vandales et tutti quanti), où un groupe de jeunes gens insouciants, des deux sexes, se distrait avec les moyens du moment, du conte oral aux disques, disons, des Platters et des Beatles.

Il est vrai qu'il s'agit d'échapper à la peste, à la Mort noire qui, au XIVe siècle, balaya environ la moitié de la population européenne, mais ce stimulus angoissant n'ôte rien au caractère aimable du *Décaméron,* bien au contraire : la menace du mal libère de toute responsabilité habituelle, rend léger et euphorique, goulûment avide de savourer la moindre goutte de vie. Ces monceaux de cadavres dans les rues de Florence (à condition que l'on n'en fasse pas partie) autorisent à ne pas y être, à se sentir, comme le dit justement le mot, « vacant ».

Les vacances obligées, pour un cas de force majeure, sont donc psychologiquement les plus libératoires et souhaitables, mais on n'a pas toujours à portée de main une épidémie de peste, une guerre, un naufrage, une avalanche ou une grève prolongée. Il faut alors se contenter de fuir la pollution des villes, ce qui est un médiocre repli.

XIV
L'humanisme

Ce n'est pas que le Moyen Âge ne connût les voyages touristiques, individuels ou organisés. Mais il s'agissait surtout de pèlerinages (à Rome, en Terre sainte, à Saint-Jacques-de-Compostelle), ou bien de la quête du Saint-Graal par des chevaliers errants. Il est donc difficile d'associer ces pieuses entreprises au concept laïc de vacances.

En revanche, avec l'humanisme le caractère sacré des voyages recule et s'affirment de nouveau les valeurs gastronomiques et hôtelières, avec ou sans le petit homme sur sa chaise longue qui, de nos jours, indique un « hôtel très tranquille ou isolé et tranquille ». Ce n'est pas le fait du hasard si le tournant historique est marqué par Érasme de Rotterdam, le plus célèbre des humanistes qui, dans le dialogue latin intitulé *Diversoria* (« Hôtels et pensions »), ressuscite la satire d'Horace déjà citée et annonce directement le *Guide Michelin*.

La conversation se déroule dans la langue touristique de l'époque (qui était justement le latin, remplacé plus tard par l'anglais) entre un certain Gulielmus et un certain Bertulfus, de nationalités non précisées, bien que l'on puisse voir en Gulielmus Érasme lui-même.

Tous deux engagent fortuitement la conversation alors qu'ils attendent d'embarquer pour leurs destinations respectives, dans un port lui aussi non précisé. Mais, même si Érasme écrit traditionnellement *portus*, rien ne nous empêche de les imaginer dans un *aeroportus* moderne, ou un quelconque *airport*.

En effet, Gulielmus dit qu'il devra se présenter à l'embarquement au plus tard à 15 heures, s'il veut éviter non seulement de rester à terre, mais que ses valises ne partent sans lui. Il a donc déjà fait le check-in.

Le dialogue – que nous devons malheureusement réduire ici à l'essentiel – a néanmoins l'intérêt de se dérouler et d'aboutir à une comparaison précise entre les voyages en France, exaltés par Gulielmus, et les voyages en Allemagne, préférés par le sévère Bertulfus.

GULIELMUS : Moi, en France, je me suis toujours trouvé bien partout. Et ne parlons pas de

Lyon ! À Lyon, dans quelque hôtel que vous des-
cendiez, il y a tout de suite quelqu'un qui
s'occupe de vos bagages, qui met votre voiture
au garage [littéralement : « le cheval à l'écurie »]
et c'est la patronne elle-même qui vous accueille
avec mille attentions au restaurant, vous deman-
dant si le voyage ne vous a pas trop fatigué, si
vous avez faim et si, en attendant, elle peut vous
servir l'apéritif.

BERTULFUS : Je reconnais bien là la fameuse
humanitas (« courtoisie ») des Français.

GULIELMUS : Après quoi, la patronne s'éclipse
pour accueillir d'autres hôtes, mais sa fille lui
succède immédiatement, une fille élégante qui
vous explique le menu et vous tient une agréable
conversation jusqu'à ce que les serveuses arri-
vent, gaies et bavardes, elles aussi.

BERTULFUS : Oui, mais ce ne sont pas la courtoisie et les bavardages qui remplissent l'esto-
mac ! Comment mange-t-on ?

GULIELMUS : Très bien et pour pas cher. On ne
comprend même pas comment ils font pour s'en
sortir.

BERTULFUS : Et les chambres ?

GULIELMUS : Confortables, très propres, avec
des draps fraîchement lavés et un service aux
étages (là aussi, rien que des femmes, je n'ai

jamais vu un homme) qui veille à ce que vous ne manquiez de rien. Si vous avez du linge ou autre chose à laver, vous le donnez le soir et il vous est rendu le matin parfaitement lavé et repassé. Puis, quand vous repartez, tout le monde est là pour vous saluer et vous embrasser comme si vous étiez de la famille.

BERTULFUS : À vrai dire, ces habitudes françaises me paraissent un peu molles. En Allemagne, ils sont rudes, mais virils.

GULIELMUS : Dans quel sens ? Moi, en Allemagne, je n'y suis jamais allé.

BERTULFUS : Bah, je ne peux pas dire que je sois allé partout.

Mais du moins, là où je suis allé, la règle est qu'à l'hôtel, pour ne pas paraître servile, quand vous arrivez, on ne vous dit même pas bonjour.

GULIELMUS : Je ne comprends pas bien. Pourquoi ?

BERTULFUS : Pour que vous ne pensiez pas qu'ils tiennent à votre argent. Si bien que d'habitude même, en arrivant, vous trouvez la porte close. Il faut toquer à une fenêtre et, au bout d'un moment, le portier arrive en mettant tout juste le nez dehors. Vous demandez s'il y a de la place. S'il ne fait pas signe que non, cela veut dire qu'il y en a. Quant au garage, ou plutôt l'écurie, il vous montre du menton sa direction, mais pour le reste il faut se débrouiller seul. Si vous trouvez à redire, vous êtes aussitôt invité à aller voir ailleurs.

Après ce préambule, la suite ne réserve pas de surprises. Un restaurant, type brasserie de dernière catégorie, enfumé, étouffant, bruyant, avec un menu immangeable et des clients du coin qui vous regardent comme si vous étiez des Martiens... Des chambres à plusieurs lits, genre hospice pour les pauvres, avec des draps qui n'ont pas été changés depuis six mois... Des serviteurs bourrus et renfrognés, toujours prêts à l'avertissement rituel : « Si vous n'êtes pas content, vous n'avez qu'à aller ailleurs. »

Le tolérant Érasme, par la bouche du germanophile Bertulfus, trouve par ailleurs de bonnes excuses pour tout. La rudesse des manières ? Les Allemands sont des gens fiers, pas du tout efféminés. Mais comment font-ils pour manger ces cochonneries et dormir dans cet air irrespirable, sur ces grabats sordides ? Ils sont de constitution très robuste et si vous êtes tellement délicat, ce n'est pas leur faute, ils ne peuvent rien y faire. C'est pour cela qu'ils vous regardent comme un animal étrange. En outre, ils ont un esprit égalitaire et c'est pourquoi (« comme dans l'État communiste de Platon », observe malicieusement Gulielmus) même repas, même dîner et même lit au même prix pour tous.

D'autre part, Érasme s'apprêtait à faire imprimer son œuvrette (incluse dans les *Colloques*) à Bâle et il comptait aussi sur le public allemand. C'est pourquoi Bertulfus répète inlassablement que son expérience est limitée à une seule partie du pays, sans préciser laquelle. Quoi qu'il en soit, chacun dut penser à l'ancienne Allemagne de l'Est, personne ne se fâcha, et le livre, publié par l'éditeur Frobenius en 1522, fut le plus grand best-seller de l'époque, même en Allemagne.

Nous regrettons que Gulielmus ait dû partir si vite. En effet, vers la fin du dialogue, il se révèle être un bon connaisseur de *diversoria* français, mais aussi espagnols, italiens et même gallois, et Bertulfus aurait bien voulu en savoir davantage. Mais il n'est plus temps, il est déjà 15 heures passées d'une seconde.

– M. Gulielmus est attendu à la porte 7 pour l'embarquement immédiat, clame le haut-parleur.

– Ce sera pour une autre fois ! se disent les deux hommes en prenant congé.

Il n'est pas exclu qu'Érasme pensât réellement

à les faire se rencontrer de nouveau. Et lui, le citoyen européen par excellence (né à Rotterdam, mais élevé à Paris, diplômé à Turin, hébergé à Rome par Pietro Bembo et, à Venise, par Alde Manuce, ayant vécu à Londres aux côtés de Thomas More, résidant enfin dans la ville franco-suisse de Bâle et, bien entendu, sur la « rive gauche », entre les deux gares SNCF et SBB), nous eût ainsi fourni le premier *Guide gastronomique et hôtelier d'Europe*. Mais ensuite, il se brouilla avec le pointilleux Luther à propos du libre arbitre, il dut se réfugier de toute urgence à Fribourg-en-Brisgau et il ne pensa plus à son guide.

Il faut avoir du respect pour les coïncidences (sans exagération) et, arrivés à ce point, on ne peut pas ne pas citer le *Journal de voyage aux Pays-Bas* d'Albrecht Dürer. Pas exactement un guide touristique, mais une série de notes quotidiennes sur ses dépenses, les auberges, les bagages, les tavernes, les coutumes, les villages et les villes tout au long de son parcours.

— En somme, un mémorandum à usage privé.

— Oui, mais très intéressant et même émouvant, sous l'aridité un peu obsessionnelle des chiffres. Dürer voyage avec sa femme sur les rivières et les canaux. Il regardait tout et faisait des croquis de tout...

— Un voyage d'étude ?

— Surtout un voyage marqué par l'anxiété. Il avait presque cinquante ans et il craignait que le nouvel empereur, Charles Quint, ne renouvelât pas sa pension. Il se rendait à Aix-la-Chapelle pour le couronnement dans l'espoir d'obtenir une audience et ...

— Allons donc ! Avec tout ce que Charles Quint avait à faire alors...

— De fait, la rencontre n'eut pas lieu, mais la pension fut renouvelée, par chance. Dürer est un parfait touriste. Malheureusement, au lieu d'un Nikon il n'avait que ses crayons et ses pinceaux, qui lui servaient aussi à poursuivre sa route en vendant des portraits et des gravures à gauche et à droite. Et il achetait des foulards et des tissus de velours pour sa femme, un babouin, une carapace de tortue de mer, un bouclier en peau de requin, des chaussures, des couteaux, une salière en ivoire indien...

— Déjà la manie des souvenirs les plus affreux...

— Et déjà la manie de la comptabilité touristique. Chaque transport, chaque repas, chaque pourboire est consigné jusqu'au dernier pfennig.

Et la question qui revient sans cesse : est-ce que j'ai fait une affaire, est-ce que je me suis fait rouler ? D'autre part, il est vrai qu'il avait la passion du jeu.

— Qui sait si, de retour à Nuremberg, il obligeait ses amis à regarder ses carnets de voyage ? « Ah, écoute, demain nous sommes invités chez les Dürer. Il veut absolument nous montrer la cathédrale d'Anvers, plusieurs femmes en costume folklorique, des lions et des châteaux rhénans. — Mais tu ne pouvais pas trouver une excuse ? — Non, tu sais bien que, sur le moment, je ne sais qu'inventer. — Quelle barbe, je vais sûrement m'endormir. J'ai horreur des voyages des autres. — Mais il paraît qu'il y a aussi un portrait d'Érasme de Rotterdam. — Le fameux humaniste ! Ce n'est pas vrai ! — Si, il l'a rencontré à Anvers et il en a fait un croquis préparatoire au fusain. Érasme n'avait pas le temps de poser, il était tout occupé à écrire un dialogue sur les voyages, *Diversoria* je crois que cela s'appelle... »

Hé oui, une vraie coïncidence, à admirer (sans exagération).

XV
De la Renaissance à
La Folie de la villégiature

Avec la Renaissance les villas commencèrent une *escalation* qui n'est pas encore totalement terminée aujourd'hui. Caprarola, Bomarzo, villa Lante, villa Borghèse et ensuite Palladio avec toutes les villas vénitiennes, celles près de Lucques, les « vignes » sur la colline turinoise et les châteaux (lisez « villas ») de la Loire, les datchas et les pavillons de chasse, les villas vésuviennes, siciliennes, lombardes, celles au bord des lacs et des rivières, avec vue sur la montagne ou la mer, en Autriche, en Bavière, en Angleterre, nées de désirs profus et divers d'élégance et de magnificence, ou de caprices, que seul Carlo Emilio Gadda aurait pu évoquer avec des moyens d'expression appropriés. Feignons alors qu'il existe cinq pages impétueuses du même Gadda consacrées aux villas, du XVe siècle à l'art nouveau, feignons qu'il soit trop long de les rapporter ici et passons aux invités.

Au début, il s'agissait d'érudits, de poètes, de dilettantes cultivés (sans exclure les femmes), qui lisaient en petits cercles, à haute voix, des textes quelque peu engagés, et les commentaient avec esprit et intelligence. Des talk-shows au plus haut niveau que l'on peut soupçonner à juste titre d'avoir été un tantinet maniérés et suffisants. On feignait – croyons-nous – de disserter par jeu de sujets que tous (?) jugeaient d'une importance extrême : l'amour, l'éthique, la vertu, le mariage et ainsi de suite. Mais, pour tempérer la pédanterie, il devait y avoir des incursions fortuites dans le registre malicieux, sinon licencieux, ainsi qu'une floraison de potins durant les promenades en long et en large dans les jardins à l'italienne.

Aux savants vinrent s'ajouter peu à peu les « esprits brillants », les « gens en vue » et les « types sympathiques », mais seulement parce que les femmes prirent la chose en main. Il y eut des bals, des banquets, des concerts, des jeux sur la pelouse et dans le petit bois, on se fit la cour, on s'envoya des poulets, on passa par les fenêtres à 3 heures du matin, et l'on échangea des visites avec des voisins « intéressants ». Les vacances européennes prospérèrent pendant des siècles sous le pimpant joug féminin, comme en témoignent d'innombrables œuvres littéraires, des *Liaisons dangereuses* de Choderlos de Laclos aux romans de Jane Austen, des *Affinités électives* de Goethe aux *Mémoires* de Casanova. C'étaient les femmes qui inventaient et imposaient de nouveaux passe-temps, les femmes qui décidaient qui était ou non digne d'être fréquenté, les femmes qui dirigeaient les lacis de la « conversation » et des liaisons amoureuses dans les villas.

Il serait opportun de faire ici une autre citation impossible : *La Villa et la Société européenne aux XVIIIe et XIXe siècles,* deux épais volumes que les frères Goncourt ne rédigèrent malheureusement pas. En revanche, et fort heureusement, Goldoni écrivit *La Folie de la villégiature,* quand depuis un moment déjà et pour longtemps encore, quitter la ville en été pour la campagne était une obligation sociale, une brûlante et lancinante question de *status,* une coûteuse croix à porter année après année. Relatons ce dialogue de la scène V, acte 2, entre Ferdinando (*scrocco,* c'est-à-dire mauvaise langue parasite des vacances des autres) et la jeune Vittoria, que son frère, couvert de dettes, laissera peut-être en ville, à Livourne.

FERDINANDO : J'ai vu la robe de Mme Giacinta.

VITTORIA : Elle est belle ?

FERDINANDO : Très belle.

VITTORIA : Plus que la mienne ?

FERDINANDO : Plus que la vôtre, ce n'est pas ce que je dirais, mais elle est très belle et, à la campagne, elle fera un tabac.

VITTORIA : (Et moi, je dois rester avec ma belle robe à balayer les rues de Livourne ?)

FERDINANDO : Cette année, je crois que l'on va faire une très belle villégiature à Montenero.

VITTORIA : Pour quelle raison ?

FERDINANDO : Il y aura plus de femmes, de jeunes mariées, toutes magnifiques, toutes en habits de fête, et les femmes amènent avec elles les hommes, et là où il y a de la jeunesse chacun accourt. Il y aura grand jeu, des bals somptueux. On s'amusera beaucoup.

VITTORIA : (Et moi, je dois rester à Livourne ?)

FERDINANDO : (Elle se ronge les sangs, elle se consume. J'en éprouve un plaisir fou.)

VITTORIA : (Non, je ne veux pas rester ici. Si tu croyais me chasser de force avec quelques amies.)

FERDINANDO : Madame Vittoria, à vous revoir.

VITTORIA : Mes respects.

FERDINANDO : Vous ne voulez rien transmettre à Montenero ?

VITTORIA : Eh ! On se verra peut-être.

FERDINANDO : Si vous venez, nous nous verrons. Si vous ne venez pas, nous porterons un toast en votre honneur.

VITTORIA : Il est inutile que vous vous donniez ce mal.

FERDINANDO : Vive le beau temps ! Vive la joie ! Vive la villégiature ! Votre très humble serviteur.

VITTORIA : Mes respects.

FERDINANDO : (Si elle ne va pas à la campagne, elle en crèvera de dépit avant la fin du mois.)

XVI
Les Modernes

« Aujourd'hui, premier jour d'école. Ces trois mois de vacances à la campagne ont passé comme dans un rêve ! » C'est ainsi que commence *Cœur*, l'édifiant et célèbre ouvrage que Edmondo De Amicis publia en 1886. Depuis lors, l'école italienne a vu plus de réformes que n'a eu de liftings Elizabeth Taylor, mais ces trois mois de rêve sont demeurés immuables. Trop longs pour les parents, trop courts pour les gamins, qui se transmettent de génération en génération le même comportement d'intolérance viscérale à l'égard de l'instruction, et qui seuls ont le droit, d'après nous, d'utiliser le mot « vacances ».

Car, à l'époque de De Amicis, les adultes qui pouvaient se le permettre allaient selon la tradition « en villégiature », tandis que pour les autres – petits employés, boutiquiers, ouvriers et autres

– il y avait les « congés ». Ce terme, bien que classique, a fini par assumer des connotations peu attrayantes, associé qu'il est à des luttes syndicales historiques (pour les « congés payés »), à un type d'héroïsme en salopette que le gentleman néo-bourgeois préfère oublier du haut de son auto-caravane véloce.

– Et toi, où vas-tu en congé ?

– Ah, je ne sais même pas si je pourrai en prendre, j'ai une quantité impensable de problèmes à résoudre, tu sais bien.

– Je sais, je sais, moi aussi je suis plutôt mal parti, mais au moins une semaine ?

– Tu sais, je peux espérer prendre trois jours, tout au plus quatre, fin août, pas davantage.

– Mais pourquoi ne les prends-tu pas plus tôt, par exemple en juin, ou en mai ?

– Ouais, quand je travaille quatorze heures par jour ! La vérité, c'est que les congés je dois faire une croix dessus cette année encore.

– Moi pas ! Moi, je réussis toujours à sauvegarder une dizaine de jours, même si ça devait entraîner la fin du monde.

– Tu as de la chance.

Des propos échangés entre de petits commerçants accablés d'impôts et de traites à payer, ou

entre des ronds-de-cuir menacés par le chô-
mage ? Erreur. À ceux qui viendraient nous dire
qu'ils ont entendu une telle conversation, nous
dirions, sans hésiter, que les protagonistes
devaient être des banquiers richissimes, de
gigantesques entrepreneurs ou de grands finan-
ciers internationaux. Eux seuls, et entre eux, parlent en effet de « congés », par antiphrase et pure
coquetterie. Souverains, certains milliardaires
taisent même le mot, stoïquement, et se limitent
au contexte :

– Déjà pris ?

– Non. L'époque est passée. C'est trop tard
maintenant.

– Dommage.

– Que veux-tu ! Tu me parlais de ce projet de
carburant sans essence à la place du sans plomb ?

De nos jours, tous les autres s'en tiennent stric-
tement aux « vacances », plus élégantes. Elles
signifient tout d'abord une plus grande mobilité
et leur naissance historique date donc du *slee-
ping-car* et de l'automobile, dans les années
vingt. La coiffure « à la garçonne », les jupes au-
dessus du genou, le charleston, peut-être un
soupçon de cocaïne, puis en route dans la nuit en
Lagonda, Bugatti, Isotta Fraschini, Bentley, etc.

Où va-t-on ? Si on allait tous (tel est l'*incipit* de base des vacances du XXe siècle) à la fête des taureaux de Pampelune, sur la Côte d'Azur ou chez cette folle de Dorothy qui a épousé un comte italien et vit dans un château des Malaspina ? Ou même, pourquoi pas, à Blandings Castle pour voir la truie couverte de prix de lord Emsworth ; à Capri pour entendre, un soir, Norman Douglas déclamer des *limericks* indécents ; ou encore au Lido de Venise pour faire des mouvements de gymnastique avec Cole Porter devant l'Hôtel des Bains ?

Ce sont des vacances vagabondes et intenses, des tornades qui apportent des grands hôtels, des aventures en wagons-lits, de merveilleux paysans grecs, toscans, andalous, des bals masqués, des beuveries épiques, des cathédrales entrevues à l'aube, des bistrots « di-vins », des découvertes obligées de lieux, des transgressions, des divertissements pas encore à la mode, mais qui, aussitôt esquissés, deviennent à la mode et, pour cela, sont aussitôt abandonnés pour de nouveaux projets, encore plus excentriques.

Au cours de ces années dites folles, de bien-être, fabuleuses, puis vainement recherchées par chaque vague successive de jeunes, on inventa même les non-vacances. L'écrivain Valery Larbaud, un incorrigible voyageur, décida avec ses amis les plus blasés de passer les vacances sur le côté gauche (numéros impairs) des Champs-Élysées. Cinéma, promenades, visites, cocktails, bals, dîners, tout était permis à condition que personne ne mît jamais un pied hors de ce long trottoir, choisi comme île magique au cœur de la métropole.

Un sommet jamais plus atteint de snobisme insolent, mais il est évident pour quiconque que trente mille snobs sur un côté, ou sur l'autre, de la célèbre avenue ôteraient pas mal de charme à l'idée. Cet exemple (un parmi beaucoup d'autres) montre particulièrement bien la contradiction dans laquelle se débat le vacancier actuel aux aspirations élitistes. À peine a-t-il fait une découverte qu'elle est accaparée par des millions d'individus. Pas un seul endroit révélé par lui à quelques intimes qui ne soit rapidement envahi et submergé par une foule grouillante d'étrangers. Aucune exposition, aucun événement musical ou théâtral auquel il puisse assister sans des préparatifs logistiques épuisants, des supplications au téléphone et des fax qui ressemblent à des appels du bras de la mort au gouverneur du Texas.

Le fait est que les vacances élégantes, pleines

d'entrain, improvisées, pour ne pas dire vécues au jour le jour, ne sont plus accessibles à personne, elles ne demeurent que comme une référence de légende. Cette élite en perpétuel mouvement dans les romans d'Hemingway et de Scott Fitzgerald, de Wodehouse, de Paul Morand et d'Aldous Huxley, tous ces personnages beaux et quelque peu damnés, tous infiniment spirituels, tous riches, ou sur le point de le devenir, ou tout juste ruinés, ces excentriques, ces militants originaux de la « fête mobile », se sont transformés en VIP au rabais dont la seule occupation en été semble être d'échapper (?) aux photographes.

« L'Italie prolétaire et fasciste », comme la définit Mussolini, fut très marginalement concernée par ce tourbillon frivole et cosmopolite, qui ne peut se passer, au fond, de tout un lacis très solide d'habitudes démocratiques et de puissance impériale. Certes, il y avait Forte dei Marmi, Rapallo, Portofino, mais ils étaient menacés par les « Trains populaires » du régime, et contestés par la famille du Duce qui flottait ostensiblement dans les eaux plus modestes de Riccione. Enfin, il ne faut pas oublier que les écrivains italiens étaient tous pauvres, à l'exception de Malaparte. Essayons d'imaginer seulement un instant le petit dialogue suivant :

PALAZZESCHI : Hé ! que dirais-tu, mon cher Bacchelli, de faire un saut à Salzbourg avant de passer à Madrid pour la corrida ? Tozzi, Borgese et Cardarelli sont aussi de la partie.

BACCHELLI : J'aimerais bien, mais j'ai déjà promis à Gadda de prendre l'Orient-Express avec lui, Baldini, Alvaro et Bontempelli pour rejoindre le jeune Montale, tu sais ? dans cette villa qu'il s'est achetée sur la côte turque.

Les horizons étaient familiers : les châteaux romains, Fucecchio, le Biellese, où Benedetto Croce allait en villégiature. Avec D'Annunzio désormais hors jeu, le style brillant et sans inhibitions des vacances européennes convenait mal à un pays encore en grande partie de culture paysanne, soumis à une dictature qui, peu après, en arriverait à éliminer les mots étrangers de l'usage courant et à condamner comme *politically incorrect* l'achat de chaussures anglaises.

Ce n'est qu'après la Seconde Guerre mondiale que se manifesta chez nous cette ferveur tardive pour les vacances chics, dont on trouve des traces chez Alberto Arbasino, Soldati, Antonioni, le

Fellini de *La Dolce Vita*. Mais c'était une voie sans issue, car les vacances de masse ne tardèrent pas à se propager avec la rapidité d'un incendie encouragé par les pompiers. Le slogan « Prolétaires du monde entier, voyagez ! » fit fureur. Dix, vingt millions de voitures toutes ensemble sur les routes, des vols charters et des villes-caravanes, les îles Fidji et l'Amazonie plus abordables que les Apennins, des milliers et des milliers de « structures » hôtelières et des résidences donnant sur toutes les mers, toutes les vallées ou les baies. En somme, celui qui lança la mode, ce fut Alberto Sordi avec sa petite famille à la Fenouillard.

Peu de chose, même rien, a changé depuis lors, sinon en pire, et il reste peu ou rien à dire sur nos vacances. Élevées au rang de « conquête sociale », elles risquent d'alimenter cette affirmation malicieuse selon laquelle « la démocratie consiste à l'accession de tous à des choses qui n'existent plus ». En mal parler, l'air dégoûté, est prohibé par plusieurs ministères, par tous les syndicats et par une bonne partie du clergé. Et les emplois ? Et l'ignorance ? Et l'économie saisonnière ? Et ces pauvres travailleurs qui, pendant quelques semaines par an, ont le droit d'oublier leurs frustrations et de jouir un peu de la vie ?

Sans compter, bien entendu, ces trois mois de rêve de De Amicis, qui font tant de bien aux enfants.

Il n'existe pas de réponse possible à de telles plaidoiries, qui culminent avec la question dramatique : mais vous qui vous plaignez, avez-vous pensé aux vacances des Algériens, des Biafrais et des Colombiens ? Des chanceux, des privilégiés et, de surcroît, des ingrats, voilà ce que nous sommes. Toutefois, parmi ces bénis de Dieu et du Produit intérieur brut (PIB), persiste une certaine réticence à parler des vacances avec un véritable enthousiasme.

– Chez vous, la grille des vacances est déjà prête ?

– Pas encore, notre chef du personnel est en train d'étudier Rommel.

– Qui ?

– Le feld-maréchal Erwin Rommel, dit le Renard des Congés. Récemment, dans ses papiers inédits, on a trouvé un plan pour les vacances de 1938 ; quand il était officier d'état-major de la Wehrmacht.

– Tu l'as vu ?

– J'en ai photocopié un passage et je dois dire qu'il paraît intéressant. Écoute donc : « Le

Secrétariat général quittera les bureaux à l'aube du 7 juin en ce qui concerne la moitié de ses effectifs et rejoindra les objectifs fixés à 19 heures le même jour. Il maintiendra ses positions jusqu'au 1er juillet, 16 heures, quand il sera rejoint par le Service de Planification et de Contrôle, auquel se seront jointes entre-temps la première brigade du Service de Coordination des filiales et la seconde brigade du Service des Projets. Le 2 juillet, à 14 heures, le régiment du Service des Ressources humaines partira par échelons vers le front, en laissant en réserve tactique une compagnie de Comptabilité et de Bilan. Les remplaçants du Service Marketing attendront jusqu'au 16 juillet pour entrer en action dans la nuit du 17, que ce commandement considère comme la meilleure pour des déplacements à long rayon d'action. »

– Génial, non ?

– Mais ce sont des vacances militaires.

– Et ce n'est peut-être pas comme ça ?

– Mais alors, autant s'acheter des bottes noires, des gibernes, un ceinturon...

– Il vaut mieux Rommel que le chaos.

– Il vaut mieux rien que Rommel.

Mais, en définitive, rares sont ceux qui ont le courage de s'opposer aux tableaux de marche du grand stratège. Rares sont ceux qui restent chez eux avec la sagesse des chanoines de Santa Maria del Fiore qui, au XIVe siècle, à Florence, allaient passer les vacances dans les potagers de Santa Maria Novella, à moins d'un kilomètre. C'était une forme primitive de tourisme agricole, à laquelle il semble qu'un nombre croissant de néo-chanoines veuille revenir. Plus de plages polluées, plus d'îles vendues aux prix littéraires et aux expositions de moustiques originaires des Bouches-du-Rhône (Proust s'en faisait envoyer chaque année une bonbonne au Ritz). Point de salut ou de paix en dehors de la campagne. La lettre que nous avons trouvée par hasard dans une décharge sauvage, entre Turin et Milan, et que nous reproduisons intégralement ici, en fait foi :

Chère Françoise,

Je t'écris parce qu'ici il n'y a pas de téléphone (ni de télé, naturellement) et les téléphones mobiles sont interdits. Après six jours à la ferme « Le vieux tournesol », je ne saurais te dire combien nous sommes heureux de notre choix. Guido avait un peu peur de s'ennuyer, mais il a dû changer d'opinion, nous n'avons pas une minute à nous.

Le réveil a lieu à 4 h 30 et, après la douche avec
l'eau du puits (c'est moi qui tire un seau d'eau
fraîche que je verse sur Guido, et lui fait de même
avec moi), nous courons avec les autres à l'étable
pour traire les 25 vaches de la propriété. Puis petit
déjeuner, à base de pain de campagne rassis,
d'oignons et de quelques olives. Ensuite tout le
monde en route pour les champs où nous cueillons
des tomates sous la conduite d'un expert maghrébin,
le très sympathique Ahmed, qui nous stimule par de
badins coups de pied dans le derrière. À 11 heures on
va au verger pour un break avec les pêches, les poires
et les figues tombées par terre, toutes traitées sans
pesticides et pour cela un tantinet grignotées, mais on
ne peut plus naturelles. Puis on cueille sur les arbres
celles qui sont mûres.

À 13 heures, déjeuner à base de pain dur comme de
la pierre, de tomates, d'oignons et d'un anchois salé.
Après une courte sieste, nous passons l'après-midi à
préparer des montagnes de pain à laisser rassir, de
tagliatelles et de raviolis faits à la main, que nous
portons vers le soir dans de grands paniers au maga-
sin-débit de la ferme, sur la nationale 126. Après
quoi nous rentrons dans le débit par la porte princi-
pale et nous achetons nous-mêmes le lait tiré du
matin, les fruits et les tagliatelles. Très pratique,
non ? Les prix sont un peu élevés, mais du moins
nous savons ce que nous mangeons. Après dîner, on
danse sur l'aire avec le maire, le facteur, le boucher
et le garde-chasse du village voisin, des gens très
intéressants que, normalement, l'on ne verrait jamais
et qui nous racontent leurs expériences aux Antilles
et en Namibie. Pour 1 000 francs suisses par jour (on

paye ici en devises étrangères), il me semble que l'on ne peut demander mieux. Nous sommes bronzés, musclés, nous avons des cals aux mains et nous dormons sur les œufs (c'est nous qui les couvons) comme de petits anges. Maintenant, je dois vraiment souffler la chandelle (5 dollars pièce) et je t'envoie des baisers sans engrais ou conservateurs.

Ta Christine

De quelle nature seront nos vacances à l'avenir? L'hypothèse qui nous est la plus chère est l'immobilité. La recherche de l'authentique, du non-contaminé, du pur et du naturel nous obsédera de plus en plus au fur et à mesure que les occasions de le dénicher, de le toucher, de le vivre, diminueront. Puis viendra le jour où, enfin lucides, nous ouvrirons les yeux et verrons que toutes les cartes sont truquées. Mais alors les nouvelles technologies du virtuel auront déjà affiné et répandu minutieusement leurs alternatives. À chaque coin de rue, il y aura des salons de *virtual holidays,* où un casque, une paire de lunettes sophistiquées et quelques tuyaux enfilés dans le cou ou l'avant-bras permettront de vivre les péripéties les plus excitantes dans toutes les parties du monde, sans bouger.

C'est avec les mêmes accessoires que les pompistes serviront sur les autoroutes des voyageurs virtuels, que les hôtels accueilleront des groupes virtuels, que les marchands de pizzas nourriront des tablées d'affamés virtuels et que, pendant tout l'été, circuleront d'énormes sommes d'argent virtuel. En conclusion, chacun fera un bilan virtuel et sera satisfait. Même le ministre (virtuel) s'en félicitera.

Seule chose qui ne sera pas virtuelle, évidemment, ce seront les impôts !

Table

COMPOSITION PAO SEUIL
IMPRESSION BRODARD ET TAUPIN À LA FLÈCHE
D. L. MAI 1995. N° 23201 (6278L)